그 밖의 어떤 것

임승유

그 밖의 어떤 것

임승유

PIN
009

차례

표현   9

산소   12

물건   14

조용하고 안전한 나만의 세계   16

미래가 무섭다   18

사라지는 자연   20

긴 여름과 가을   22

네가 이야기를 마치고 나간 후   24

잡고 싶은 마음   26

있는 그대로의 모습에서 출발   28

없는 생활   30

숨겨둔 기쁨   32

너무나 가까이 너무나 오래   34

상수   36

각자의 특징으로   38

프릴 폴라   40

그 밖의 어떤 것   42

그곳   44

새로운 현실   46

사무실   48

공공장소   50

타월   52

고전소설   54

건물   56

에세이 : 뼈만 남았다   59

PIN

009

그 밖의 어떤 것

임승유

시

표현

아침에 일어나 걸어나가면

나무는 자라고 자라서 길 끝에 서 있는 나무가
되고 뭐가 되었다는 곳에 가면 사람들이 모여 있다.

여기서

너는 무슨 말을 했고 나는 알아듣지 못했다. 그
렇다면

사람들은 그냥 집으로 돌아가는 게 맞았다. 그
많은 사람들이 어떻게 집으로 돌아갈 수 있는지 궁
금해하면

밖으로 이어진 길이 거기 있었고

뒤로 갈수록 좁아지는 것이었으며 반쯤 잘려 나
간 둔덕처럼 밖에 있는 게 나였다면

그만 나오라고 했을 것이다.

산소

인사를 했다. 그건 사람의 일이다. 사람의 일을
끝내고 돌아설 때 뒤를 보는 사람은 뒤에 뭔가 있는

사람이지만

뒤를 털어놓을 때 사람은 얼마나 무섭고 얼마나
가까이 있는지 알면서도 뒤를 보고

물을 마셨다.

물을 안 마시는 사람은 없겠지. 물을 마시면서
나는 사람이 되어간다. 내가 물을 주지 않았는데도
길게 자라는 풀숲이 있고

어느 날

풀숲이 나를 덮친다는 장면에서는 도망치는 사
람도 있었다.

물건

오래되었다.

노출되었고 옮기려면 나 혼자는 안 되지만 여럿
이 달라붙으면 한꺼번에 치울 수 있는

그것은

내가 뭔가를 하고 있을 때 있었다. 가만히 두면
감자에 싹이 나는 물건이 아니라서 뭘 하는지 몰랐
지만 한 번도 없었던 적이 없던

그것은

더는 사용할 수 없는 크기로 있었다. 이제 나는
그것이 옆에 있으면 뭐든지 할 수 있다는 느낌이 드

는데

옆에 두는 방법이 생각나지 않았다.

조용하고 안전한 나만의 세계

겨울밤에

너는 좋은 말을 들었다. 그래서 풍경이 좋아 보였다. 너는 좋아 보이는 풍경의 입구까지 걸어갔다.

하얗고 넓으며 소리가 없는 풍경 속으로 들어가려면

수위를 지나쳐야 했다. 여기서 너는 멈췄다. 수위를 끌어들인 후에는 모든 게 얼어붙었다.

더 나아갈 수가 없었다.

미래가 무섭다

창문을 열면

나와 있는 그 사람이 보였다. 그보다 먼저 나와 있는 의자가 보였다. 날마다 앉아야 할 타이밍을 놓치게 되는 건

좋아서다.

그 사람을 기다리는 의자와 그 뒤의 건물과 그 옆의 나무와 그 사람이 사라지고 난 후의 고요가 좋아서다.

무엇보다 좋은 건

하루도 빼먹지 않고 모든 게 거기 있다는 것이다.

사라지는 자연

먼저 나오고 보니

구민회관은 멀어져 있었다. 끝까지 남아 있었다
면 창문마다 햇빛을 받아 발랄해질 대로 발랄해진
구민회관이

가득 차서

오늘 안으로 끝내지 못했을 것이다. 그렇더라도
일을 끝내고 돌아누울 때마다 생각했다. 구민회관
에 다시 가는 방법과

가다가

아는 사람을 만났을 때 했어야 할 말에 대해. 그

리고 내일이 오기 전에 잠들어야 했다.

긴 여름과 가을

할 이야기가 있어.

너는 길이 끝나는 곳에서 기다리겠다고 했다. 나는 이야기를 듣기 위해 출발했다. 길이 나서 걸을 만했다. 길에는 풀도 나 있었다. 내가 걸을수록 그림자가 길어졌다. 풀도 길게 자랐다. 이렇게 자라다간 풀숲에 당도하겠어. 네가 풀숲이라는 말은 하지 않아서 망설여졌다. 이런 식이면 오늘 안에 안 끝날 거야. 나는 주저앉았고 롱코트를 입은 여자 둘이 지나갔다. 그들이 다 지나갔을 때 길은 끝나가고 있었다.

무슨 이야기를 하고 싶은 거야? 내가 묻자 너는 이쪽을 쳐다보며 말했다.

이 이야기를 아무한테도 하지 마.

네가 이야기를 마치고 나간 후

네가 앉았던 의자는 일어서는 자세를 갖게 되었다. 내가 일어나 앉히기 전에는 계속 일어나려고 할 것이다. 하지만 나는 일어날 수가 없었는데

내가 일어나지 않아서

무슨 일이 일어나고 있는지 몰랐다. 네가 이야기를 마치고 나간 후 시간이 얼마나 지났을까. 누구도 대답해줄 수 없어서 나는 그만 일어나야 했지만 내가 앉았던 의자는 일어서는 자세를 아직 갖기 전이었다.

잡고 싶은 마음

안녕하세요.

인사를 받았다. 돌려주기 위해 물어보았다. 아는 사람이라 했다. 지금은 아니지만 앞으로 알 수 있는 사람을 보내고

가던 길을 갔다.

기억에 남았다. 기억을 못해 나중에 더 많이 돌려 줘야 했던 때도 있었다. 국립현대미술관에서도 있 었다. 뒤에 숨어 쳐다보는 것은 아니었다. 죄책감이 들었다. 먼저 갔다가 되돌아와도 가깝지는 않았고

여기서 알았다. 나를 알기 전에

있는 그대로의 모습에서 출발

가다가 내리면

기다리는 사람이 있을 거야

네가 그렇게 말해서 시작된 이야기였다. 사람이 많으면 복잡하니까 풍경으로 시작했다. 멀리 버스가 보였다. 키가 큰 순서대로 나무가 들어섰다. 여기부터는 걸어가기로 하고

초콜릿 좋아해?

초콜릿 좋아해.

미리 준비한 재료를 사용해 다음 장면으로 넘어갔다. 그 외에도 많은 말을 했는데

멀어서 안 들렸을 것이다. 이후엔 모든 게 어둠 속에 잠겼고 내일 아침까지는 뭘 더 보여주기 어렵 게 됐다.

없는 생활

식당을 찾아

마을로 들어섰다. 마을에 거의 알려지지 않은 상태였기 때문에 알아보는 사람이 없었다.

내면의 사건을 끌고

집과 집 사이를 지나갔다. 너무 멀리 가지만 않는다면 이곳에 어울리는 판단을 할 수 있다. 마을에 하나쯤은 있는

살고 있다는 것을 의심하지 않고 살아가는 그 사람이 문을 열고 나와 개인적인 반응을 보여줄 것이다. 식당은

들어갔다가 나오는 곳이다.

숨겨둔 기쁨

문 열고 나와

문밖에 내놓은 외투를 걸쳤다. 무겁고 두껍고 커다란 외투를 걸치고 앉아서

내가 감싼 안쪽을 생각했다. 생각하면 할수록 깊어졌다. 멀어졌다. 멀어져 닿을 수도 없는 그곳을 생각하면 뭐하나 싶다가도 지금은 생각하는 것 말고는 할 게 없어서

계속 생각했다. 계속 생각하다 보니 있을 수도 있고 없을 수도 있다는 생각에 이르렀다. 여기까지 이르고 보면 더 갈 수도 있고 안 갈 수도 있다. 마음만 먹으면 선택할 수 있다는 것이 너무나 좋아서

외투를 벗었다.

너무나 가까이
너무나 오래

안 가보면

뭐가 있는지 몰라서 아직 남은 게 있다. 그동안
뭘 했는지 다 설명하고 나면 앞으로 할 수 있는 게
없어서

가다가 말았다. 종점은 한 번 가봤던 것으로 남았
다. 남아서, 이제 어떻게 하지? 중얼거리는 경험은
다시 하고 싶지 않다. 버스를 갈아타고 돌아오면서

너도 그럴까봐 아무 데도 안 쳐다봤다.

아직 남은 게 있었다.

상수

우스터셔에서 동북쪽으로 걸어나가면 나오는 술집에 상수가 있다. 내가 눈을 감으면 나타났다가 내가 눈을 뜨면 어디 가고 없다. 내가 색깔을 말하면 색깔로 있고 내가 크기를 말하면 크기로 있다. 상수가 어디 가는 게 싫으면 눈을 감고 있으면 된다. 그럼 상수는 거기 앉아 있다. 내가 오래 눈을 감고 있으면 버스는 갈 데까지 가고

나는 취할 만큼 취해서 상수에게 어디 가지 말고 거기 있으라는 말을 한다. 상수를 두고 돌아올 때는 눈을 감을 수 없어서 갔던 길을 하나하나 되짚어 나와야 했다. 고단한 일이다. 내가 아는 사람들은 눈을 똑바로 뜨고 다녀야 한다고 말하지만 그 말대로 했다가는 상수가 어디 있는지 잊어버리고 말 것이다.

각자의 특징으로

멀리 있어서

안 본 지 오래되었다.

식물원 정문을 지나 왼쪽에 위치한 식물 회관에서는 전시 식물에 관한 강습회가 열린다.

초여름부터 가을까지 나타나지만

더운 여름에는 여름잠을 잔 뒤 9월에 다시 활동하는 나비를 보았다. 다 보고 난 후에는

문을 열어두었다. 들어갈 것은 들어가고 나갈 것은 나갔다. 나가지 않았던 대부분은 뭘 하고 있었는지

잊었다.

프릴 폴라

가다가 오른쪽으로 빠지면 목재소가 나온다. 목재소에서 뒤로 더 들어가면 덤불이 있고 그 안에 신이 살고 있다. 나보다 오래 살았을 것이다. 그리고 지금은

들어가서 확인해보고 구입했는데 생각과 다른 프릴 폴라와 같다. 목에 감기지 않고 자꾸 울어서 울지 않는 방법을 찾고 있다. 공간을 점유하는 방식에 주의를 기울여 끌어 내리면 다시 기어 올라갔다.

잡고 있는 것 말고는 방법이 없는데

오늘은 날이 어두워져서 그만하기로 했다. 내일은 더 가볼 생각이다.

그 밖의 어떤 것

공원을 달렸다.

공원은 비어 있지 않았다. 그래서 달리다 멈춰야 했다. 멈추지 않았다면 달린다는 생각으로 끝이 없었을 텐데

공원을 구성하는 여러 요소로 인해

멈춰야 하는 순간이 생길 때마다 부지런히 두 다리를 놀려야 하는 생물의 생태적 조건을 떠올렸다. 그러면 공원은 웅크려 있다가도 따라왔다.

너무 많은 다리가

무슨 마음을 먹고 일어나려는 것을 못 본 척 달

리다 보면 공원은 끝나지 않았다.

그곳

너는 그곳에 가지 않으려 했다.

그곳은 그곳에 있으면서 너의 변화를 의도했고 기다렸다. 그곳은 고요하게 집요하게 너의 몸을 너의 감정을 너의 경험을

옮기려 했다.

너는 너로 있으면서 너로 옮겨지면서 그곳을 보았다. 멀리 보았다. 그곳을 이용했다. 그곳에 외투를 걸쳐놓았다.

그곳은 모른 척했다. 너는 그곳을 돌아

그곳으로 왔다. 그곳은 흔들렸다. 너는 버텼다.

그곳은 의심했다. 너는 고개를 들었다. 그곳은 버리기로 했다. 너는 머무르면서

그곳을 움직였다. 움직임으로 돌아갔다. 그곳에 오기 전부터

새로운 현실

화원이 들어섰다. 화원에는 화초가 있고 사람도 있다. 화초는 많고 사람은 둘이다. 둘은 번갈아가며 일한다.

일하지 않는 날 화초를 사러 가면 일하는 한 사람이 있다. 일하지 않는 사람은 없다.

화원에 다녀오면 화초가 는다. 키 크는 화초와 옆으로 버는 화초와 아래로 늘어지는 화초와 일을 하려고 하는 내가 일정한 방향으로 조금씩 이동한다.

죽이지만 않는다면 살아 있다.

사무실

내가 가지 않아서

사무실은 비어 있다. 가지 않을 이유가 많아지면서 사무실의 비어 있는 상태는 지속되었다. 지속적으로 비어 있는 상태에서

사무실은 임박해 있었다. 시기가 닥쳐오고 있었다. 상황에 가까워지고 있었다. 보지 않고 넘어갈 수 있을 거라고 생각했는데

넘어지지 않았다.

그렇다고 불러낼 수도 없고. 멀리 보는 눈이 없는 게 나의 문제다. 문제를 해결하기 위한 계획을 세웠다. 그게 사무실에서 해야 할 일이었다. 나의

상태는 지속되었다.

사무실도 마찬가지였다.

공공장소

나가서

안 들어온다. 광교나 수원 어디쯤에서 봤다는 사람도 있고 동네 어디서 골목으로 들어가는 걸 봤다는 사람도 있고

대부분 바닥만 보고 다녀서

뭐 찾는 것 있어요? 그런 말을 자주 듣는 편이지만 정말 바닥까지 간 건 아닐 것이다.

나가면

어디서나 볼 수 있는 사람들처럼 어디에나 있어서 들어오지 못하는 것일 수도 있다.

타월

타월을 꺼냈다. 있은 지 한참 됐는데 쓸 데가 없어서 해변에 가지 않았고 오늘 아침에 꺼내놓은 새것 냄새가 났다. 오래된 냄새도 함께 났다. 오래 생각하면 오래 있게 될 거야. 어제 뜬 태양이 오늘 또 떠서 밝고 환하고

부드럽고 부피가 있으며 흡수력이 뛰어나므로

언제 끝날지 모르는 언덕처럼 두 다리를 끌어당겨 한쪽으로 돌아누우면 언덕은 완만한 언덕

언덕을 넘어서면 멀리 해변이 보였다.

고전소설

한번 살아보겠다며

너는 걸어 들어갔다. 뒤에 있던 나는 앞으로 어떻게 될지 알 수 없었지만

앞으로 잘 살아

말해주었고 너는 나아갔다. 남겨놓은 게 나라서 1인칭시점을 지킬 수 있었던 나는 창문을 열었고

가다가

뒤를 보지 않았던 너는 앞으로 펼쳐질 장면 속에서 가장 중요하게 다뤄질 것이며 누군가를 만나 사랑에 빠지고 위기에 처하게 되더라도 뒤를 봐주는

사람이 있으므로

행복하게 잘 살았습니다.

건물

내려갈게

말해놓고 나니 기다리는 사람이 와 있는 것 같
다. 그보다는 내가 오래 있었던 것 같다. 오래된 잠
에서 깨어난 것처럼

어디 있어?

이런 말을 들으면 움직이면 안 되는데 찾으러 다
닌다. 아는 사람을 다 만나고도 그게 누구였는지 기
억 안 나는 꿈을 꾼 것처럼

거기에 있어

그럼 꼼짝을 못한다. 누가 꽃 한 묶음을 들고 올

라가고 있었다.

PIN

009

뼈만 남았다

임승유

에세이

뼈만 남았다

지금부터 적어나갈 문장들은 비유적 의미로서의 '뼈만 남았다'에 붙어 있는, 뼈 이외의 것들과 관련이 있다.

∞

식물도감을 넘기다 보면 '깊은 산 우거진 숲속에서 자라는 여러해살이풀이다'라는 문장을 만나게 된다. '여러해살이풀'이라는 말을 되뇌다 보면 묘하게 위안을 받는다.

∞

미도리카와 유키의 『나츠메 우인장』은 매 화가 시작될 때마다 인트로를 반복한다. "어릴 적부터 이따금 이상한 것을 보곤 했다. 다른 사람에게는 보이지 않는 그것들은 아마도 요괴라 불리는 괴물—"로 시작되는데 거의 5-6페이지에 달한다. 매 화마다 반복되는 설정을 따라가다 보면 지루한 면이 없지 않지만 작가는 이번 화에 시작될 에피소드의 시작점을 교묘하게 설정 패턴에 밀어 넣는다. 아주 자연스럽다. 그렇다 자연스럽다는 것이 중요하다. 그렇게 새로운 에피소드가 시작된다. 삶이 그런 것처럼.

작가는 분량을 채우기 위해 설정을 패턴화하는 방법을 선택했는지도 모른다. 요령 있다고 해야 할까. 알면서도 나는 감동받는다. 그건 작가가 삶에 대해 아주 잘 이해하고 있다는 생각이 들기 때문이다. 그렇게 매번의 삶이 차질 없이 진행되고 색다르게 변주된다. 위안이 된다.

∞

그렇다고 잘 살아지는 건 아니지만

∞

화가가 되고 싶어서 방과 후에 교실에 남아 그림을 그렸던 적이 있다. 한 편의 그림을 완성한다는 것은 크레파스 냄새를 오래 맡고 있어야 된다는 뜻이기도 하다. 크레파스 냄새에 적응하지 못했다. 지금에 와서는 그림을 그리고 싶었던 건지, 화가가 되고 싶었던 건지 잘 모르겠다. 여하튼 그림을 잘 그리지도 못했고 오래 그리지도 못했다.

∞

조르조 모란디. 그를 알게 된 건 『릿터』 4호 「서경식의 인문기행」 볼로냐 편에서다. "그는 볼로냐의 폰다차 거리에 있는 아틀리에의 어둑어둑한 방에 틀어박혀 병과 항아리를 질리지도 않고 거듭해서 그리면서 지냈다"는 문장을 봤다. "1964년 고향 볼로냐에서 삶을 마친 모란디는 평생 독신으로 지

냈고 함께 살았던 세 명의 누이동생이 그를 보살펴 주었다고 한다"는 문장도 있었다. 두 문장을 통해 위안을 받았다. 누군가의 고독한 예술적 삶에 위안을 받는 일은 일면 잔인한 구석이 있다. 그럼에도 불구하고 새로운 대상을 찾아다니며 자신의 삶을 탕진하는 것이 아니라 가장 가까운 곳에 있는 대상을 질리지도 않고 표현하며 자신의 일상과 예술을 지켜낸 모란디는 매력적으로 다가왔다.

∞

네가 나를 비난하며 지낼 때 너에게 나를 설명할 수도 있었다. 네가 간과한 부분과 네가 넘겨짚은 부분과 네가 동일시한 부분에 대해. 하지만 동시에 알고 있었다. 설명하고 나면, 설명을 통해 관계를 낱낱이 분석하고 나면 관계에는 아무것도 남지 않는다는 것을. 나에 대한 너의 비난이 시간과 함께 무뎌지면서 이해에 다다르기를. 그 지난한 과정을 견디는 게 어떤 건지

∞

너도 모르지 않을 테니

∞

『나츠메 우인장』 제2화 「츠유카미」 편에 나오는 츠유카미는 사당에 더부살이하던 요괴다. 가뭄이 심하던 어느 날 마을 사람들은 사당에 모여 기도를 하고, 다음 날 비가 내리자 사당의 신에게 츠유카미〔露神〕라는 이름을 붙여주며 공물을 바친다. 신앙으로 부풀어 오른 몸을 가진 츠유카미는 시간이 흐르면서 사람들에게 점점 잊히고 한때 사람의 크기만 했던 몸이 귤만 해진다. 어릴 때 찾아왔던 하나라는 여인만이 잊지 않고 찾아주어 몸을 유지할 수 있었는데 하나가 늙고 병들어 죽자 소멸의 단계에 이르게 된다. 잘나가던 시절, 공물이 언제까지나 들어오지는 않는다며 힘이 있을 때 거처를 옮기라는 충고를 "하지만 한번 사랑을 받으면, 사랑을 해버리면 다시는 잊을 수가 없는 거야"라는 말로 넘겨버렸던 츠유카미. 마음을 준 경험, 한번 준 마음에 길을 내어 죽을 때까지 그 길을 왕래하는 요괴와 인간. 이런 데서 위안을 받는다.

∞

분석은 뼈를 발라내는 과정과 다르지 않다. 분석의 대상이 사람이라면 더더군다나. 종종 앞에 있는 사람에 대해 분석하고 있는 나를 볼 때가 있다. 대상을 분석하고 있는 나를 다시 분석하고 있는 나. 분석이 끝나고 나면 결국 또 남김없이 발라먹었구나 하는 생각에 빠진다. 그냥 두었더라면 거기 남아 있었을 것들이 훼손된다. 훼손시키지 않으면서 말하는 방법도 있겠지. 덜 말하면서 남겨둘 수도 있고, 말을 할 만큼 하고 나서도 지킬 것을 지켜내는 방법도 있을 것이다. 여러 번 다짐했는데도 잘 안 된다. 또 시작이구나, 하는 심정으로 지켜보는 수밖에. 그럼 너는 앞에서 슬쩍 웃는다. 그 웃음이 위로가 되기도 하고 상처가 되기도 한다. 네가 없었더라면 내가 뭘 하고 있는지 모르고 있었을 테니 나는 네가 언제까지나 거기 앉아서 슬쩍 웃어주기를 바

란다. 웃는 너를 남겨두고 갔다. 너는.

∞

조르조 모란디는 마을의 벼룩시장을 돌아다니며 그릇과 병을 구입했다. 침실 겸 작업실 한쪽 벽면 선반에 구입한 그릇과 병을 올려두고 매일의 작업을 이어갔다. 작업에 들어가기 전 그가 가장 공들인 부분은 그릇과 병을 배치하는 것이었다. 한두 개를 더하기도 하고 빼기도 하고. 뒤에 놓기도 하고 앞에 놓기도 하면서. 몇 개 안 되는 것들로 어제와 다른 혹은 내일과도 다를 삶을 구상한 것이다. 어제와 크게 다르지 않은 오늘. 오늘과 완전하게 일치하지는 않지만 오늘을 벗어나지 않는 오늘. 미묘한 차이를 지닌 수많은 오늘을 발생시키는 행위. 그런 '오늘'의 작업이라서 그는 멈추지 않을 수 있었을 것이다.

∞

여기에 있으면서 해야 할 일들을 하고, 만나야 할 사람들을 만난다. 여기에서의 잠을 잔다. 여기의 삶을 살아내고 있는데도 여기에 없는 상태에 있다. 멀리 가지 않고도 멀어진다. 격리감은 문장과 함께 지내기에 적합하다. 문장은 끝내 데려다 놓는다.

∞

"너는 좋은 사람이야"보다는 "네가 좋아"라고 말하는 태도가 더 윤리적이다. "네가 좋아"가 안 되는 관계이거나 "네가 좋아"의 상태에서 놓여났다면 그만이다. 뭘 더 어떻게 해보기 위해 '너'를 '좋은 사람'에 가두지 않아야 한다. '너'를 놓아주어야 한다. 그걸 잘 못해서 일상이 엉망진창이 된다. '엉망진창'은 문장과 불화한다. 나의 일상을 지키기 위해 '너'를 호명하는 일이 '너'의 일상을 뒤흔드는 일이 아니어야 한다. 그건 '너'와 함께했던 시간에 대한 예의다. 내가 지켜야 할 최소한의 윤리다. 관계에 대한 숙고는 문장을 데려온다. 문장과 문장 간의 관계에 관여한다. 문장이 갈 길을 열어준다.

∞

　문장에서 시작한다. 시작하는 문장은 '나의 감정'에서 나오기도 하고 '나의 경험'에서 나오기도 하고 '내가 처한 상황'에서 나오기도 한다. 이런 식으로 '나'에서 시작하기를 반복하고 나면 '나'는 거덜 나고 말 것이다. 그래서 다시 시작해야 한다.

　문장은 '장소'에서 시작된다. 장소에 앉아 있었다. 장소를 거닐었다. 달렸다. 너와 함께 있을 때 장소는 탈락한다. 우리와 있을 때 장소는 탈락한다. 혼자 남겨졌을 때 비로소 장소는 다시 나타난다. 나타난 장소를 한동안 더 내버려두면 장소는 장소의 본래적 모습을 되찾는다. 내가 휘저어놓은 장소가 스스로 자신의 모습을 찾을 때까지 기다리면 장소는 문장이 되어 스스로 시작된다. 고유명사로서의 장소는 문장이 되기 어렵다. 고유명사로서의 장소는 자기주장이 강하기 때문인데, 내가 나한테 너무 몰입하면 문장이 되기 어려운 이유와 흡사하다.

∞

'자기주장'은 한 단어구나. 처음 알게 된 사실이
다.

∞

장소는 반복해서 나타난다. 장소는 스스로를 탕
진하지 않는다. 장소는 스스로를 속여 기만하지 않
는다. 장소는 감정이 아니다. 장소는 감각도 아니
다. 장소는 존재다. 현실적으로 존재하며 현실이 사
라진 후에도 존재한다. 그러므로 존재 그 자체다.

∞

모란디의 그림에 배경은 없다. 모란디는 그림에
서 배경을 삭제했다. 그의 그림에서 그릇은 놓여 있
다. 어디에 놓여 있는 게 아니라 그 자체로 놓여 있
다. '어디에'를 삭제했기 때문에 어디라도 상관없어
진 상태. 나는 그의 그림에서 세상의 모든 장소를
본다.

∞

행위가 있다.

행위는 사람의 내면적인 정신 작용이 외면적인 신체의 활동으로 나타난 것. 행동行動과 동일한 뜻으로 쓰이기도 하나 엄밀히 말하면 구별된다. '행동'은 단순히 몸을 움직여 동작하거나 어떤 일을 하는 것을 말하고, '행위'는 의식적·의도적으로 행동하는 것을 말한다.

그렇다면 아직은 행위가 아니고, 행동이다. 물리적 방향성은 지녔지만 아직 행동을 구현하는 주체의 목적은 드러나지 않은 상태의 움직임이다. 움직임으로 문장을 시작한다. '움직임으로 시작하는 문장'이 시를 주도한다. 어디로 어떻게 움직일지 아직은 모른다. 지켜볼 뿐이다. 문장이 문장의 의식 작용을 통해 움직인다. 매번 다시 움직임을 시작하며 가보는 데까지 가보는 행위를 통해 시는 지속된다. 지속적인 삶이 가능해진다.

∞

그리고 그곳. 한 번 가본 곳일 수도 있고, 한 번도 안 가본 곳일 수도 있다. 구체적인 장소가 아닐 수도 있다. 혹은 이미 구체적인 장소가 되어 있을 수도 있다. 삶이 됐든, 시가 됐든 그만두지 않으려면 살아가야 할 장소를 끊임없이 물색해야 한다. 세상 어디에도 그런 장소가 없다면 추상을 통해서라도 발생시켜야 한다. 지금부터 가게 될 장소가 지나온 과거의 단순 반복에 불과할 수도 있다. 그 단순 반복 속에서, 혹은 단순 반복 속에서라야 살아진다면 장소는 무한히 반복됐으면 좋겠다.

그 밖의 어떤 것

지은이 임승유
펴낸이 김영정

초판 1쇄 펴낸날 2018년 8월 31일

펴낸곳 (주)현대문학
등록번호 제1-452호
주소 06532 서울시 서초구 신반포로 321(잠원동, 미래엔)
전화 02-2017-0280
팩스 02-516-5433
홈페이지 www.hdmh.co.kr

ISBN 978-89-7275-910-2 03810
     978-89-7275-907-2 (세트)

* 책값은 뒤표지에 있습니다.